M

Penguin
Random House
Grupo Editorial

Segunda edición: febrero de 2016
Novena reimpresión: marzo de 2023

© 2014, Teresa Blanch Gasol, por el texto
© 2014, José Ángel Labari Ilundain, por las ilustraciones
© 2014, 2020, Penguin Random House Grupo Ediorial, S. A. U.
Travessera de Gràcia, 47-49. 08021 Barcelona
Diseño de la cubierta: Penguin Random House Grupo Editorial / Judith Sendra

Printed in Spain – Impreso en España

ISBN: 978-84-9043-161-0
Depósito legal: B-14.187-2014

Compuesto en Compaginem Llibres, S. L.
Impreso en Huertas Industrias Gráficas, S. A.
Fuenlabrada (Madrid)

GT 3 1 6 1 C

T. BLANCH - J. A. LABARI

**El caso del
fantasma del teatro**

montena

MAXI CASOS

PEPA PISTAS

Se conocieron en la guardería y, desde
entonces, no se han separado.
Tienen una agencia de detectives y resuelven
complicados casos. Pepa es decidida y Maxi algo
miedoso, pero forman un buen equipo,
¡son LOS BUSCAPISTAS!

MOUSE, la mascota de Maxi.

Estos son PULGAS, el sabueso de la agencia, y BEBITO, el hermano de Pepa. Su superchupete ha sacado a los Buscapistas de más de un apuro.

AGENCIA LOS BUSCAPISTAS
Situada en la antigua casa de Pulgas.

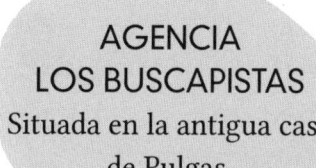

EL ANÓNIMO DEL ANTIFAZ, un extraño personaje que ayuda a los Buscapistas... pero ¿quién se oculta bajo ese antifaz? ¡Busca pistas y descubre su identidad!

En este número

¡OJO CON EL FANTASMA!

¡SORPRESA!

El viernes por la tarde, unos nubarrones negros cubrían por completo el cielo de Basketville y amenazaban con fuertes lluvias. Pepa Pistas, Maxi Casos y Bebito estaban en el interior de la agencia Los Buscapistas tomando una taza de chocolate caliente mientras escuchaban *Tras las huellas*, un programa de misterio de la radio local.

«Hoy hablaremos sobre el misterioso caso del fantasma del teatro de Basketville. Según la leyenda, el fantasma habita en el edificio desde tiempos inmemoriales y suele salir las noches de lluvia, cuando no hay función.»

Rayos acompañados de un trueno iluminaron por completo la pequeña agencia, y empezó a diluviar.

¡El reflejo de los destellos de luz daba un aspecto terrorífico a todo lo que tenían a su alrededor! Pepa y Maxi se miraron asustados. Bebito continuó jugando con su chupete repleto de chocolate y Mouse saltó al interior de la capucha de la sudadera de Maxi.

«En noches de tormenta como la de hoy ¡id con cuidado! Se dice que el fantasma acostumbra deambular por las calles...»

¡BRRROOUMMMM!

Un segundo trueno mucho más ensordecedor hizo temblar las paredes. Pulgas, inquieto, comenzó a ladrar desde el interior de la casa de la familia Pistas.

«... y chapotea en los charcos en busca de nuevas víctimas a las que asustar...»

¡CHAP! ¡CHAP! ¡CHAP!

—¿Has... has oído eso? —tartamudeó Maxi, y se abrazó a Pepa.

—¡¿Los pasos del fantasma?! —exclamó su amiga, y un escalofrío le recorrió el cuerpo.

«El fantasma suele adoptar forma humana para pasar desapercibido. Viste y calza como...»

De repente unas pisadas recorrieron el jardín… ¡hasta detenerse en la entrada de la agencia!

Los Buscapistas distinguieron unos mocasines oscuros. Ni Pepa ni Maxi se atrevieron a mover un centímetro de su cuerpo. En cambio, Bebito, con la cara sucia de chocolate, gateó hacia la puerta y salió.

—¡Vuelve! —susurraron los niños.

Oyeron unos cuchicheos en el exterior que los llevaron a pensar que el fantasma no estaba solo…

—¿Buscapistas? ¿No pensáis salir a saludarme? —dijo una voz ronca.

Maxi propinó un codazo a Pepa.

—Mejor vas tú, el jardín es tuyo…

Y en ese instante un rostro empapado asomó por la puerta. Era ni más ni menos que…

—¡Abuelo! —gritó Pepa.

—¡Je, je, je! No me esperabais tan pronto, ¿eh? —El abuelo sonrió—. ¡Os traigo una sorpresa!

Pepa y Maxi respiraron aliviados al darse cuenta de que no se habían topado con ningún fantasma y siguieron al abuelo hasta el interior de la casa de la familia Pistas.

En la puerta los aguardaba un son-
riente Bebito acompañado de Pulgas,
que no dejaba de mover el rabo.

—¡Papá, ve a secarte o te resfriarás! —advirtió la señora Pistas, pero el abuelo no pareció hacerle caso. Luego miró a los niños—. Y vosotros, ¡al salón! Hay alguien que quiere saludaros.

Pepa y Maxi intercambiaron una mirada de sorpresa.

¿Alguien?

¿Quién?

A medida que avanzaban, oyeron una voz chillona de mujer que les era muy familiar. No tardaron en salir de dudas.

—¡Águeda Cristin! —exclamaron al entrar.

—¡La misma, chicos! —La anciana sonrió al tiempo que los abrazaba—. ¡Parece que haya pasado una eternidad! ¿Cuándo fue la última vez que nos vimos? ¡Bah, qué más da...! ¡Lo importante es que estoy muy contenta de haber venido!

El padre de Pepa, incapaz de mediar palabra, miraba ensimismado y con la boca abierta a la señora Cristin. ¡Era su escritora favorita y una de las más famosas del momento! Se habían conocido en una convención de escritores y protagonistas a la que habían asistido junto con los niños y el abuelo.

«¡Águeda Cristin en mi casa!», se repetía asombrado.

—¿Qué le ocurre a tu yerno? —intervino la señora Cristin dirigiéndose al abuelo, quien se encogió de hombros sin saber qué responder.

—¿Por qué no ofreces algo de beber a la señora Cristin? —propuso entonces la señora Pistas a su esposo.

—¡Oh, claro! —despertó el señor Pistas—. ¡Enseguida!

Mientras tanto, los demás tomaron asiento en torno a la mesa.

—¿Y bien? —dijo la madre de Pepa—. ¿Qué os trae por aquí?

—¡*Fausto*! —exclamó la anciana entornando los ojos—. Una magnífica obra que se estrena mañana en el teatro de Basketville.

—E iremos todos juntos a verla —concluyó el abuelo.

—¡Genial! —exclamaron Pepa y Maxi.

En el exterior la tormenta no cesaba, la lluvia, azotada por un viento huracanado, empapaba los cristales del salón de la casa. Los Buscapistas no se sacaban de la cabeza las palabras del locutor de radio que habían oído antes de salir de la agencia: «El fantasma suele esconderse en los rincones más inhóspitos y oscuros, y se dice que vive en unas catacumbas. Pero, ¡ya sabéis, amigos!, como siempre solemos decir, todo eso son solo leyendas urbanas».

Una sombra oscura y deforme permanecía sin ser vista frente a la verja del jardín de la familia Pistas. Pulgas detectó la presencia de un extraño y ladró en dirección a la puerta. Pero la sombra reanudó su paso y se perdió en medio de la oscuridad dejando escapar una risa siniestra.

CARTAS DE AMOR ¡¿ANÓNIMAS?!

El día siguiente amaneció tan nublado como el anterior. Pepa Pistas estaba impaciente por ir al teatro. La señora Cristin les había prometido presentarles personalmente a la actriz principal: Cristina Telón.

El señor Pistas, acompañado de Bebito, abrió la puerta. Frente a ellos apareció un Maxi irreconocible.

—¡Caramba! ¡Qué elegante! —exclamó el padre de Pepa—. Voy a cambiarme.

Bebito lo miraba de los pies a la cabeza sin soltar su chupete.

Maxi sonrió y se abrió paso. Iba completamente repeinado, con la raya en medio, vestía traje de pingüino y llevaba un ramo de girasoles. Del bolsillo superior de la chaqueta asomaba un pañuelo con el que camufló a Mouse.

—¿Dónde está Pepa? —preguntó sin hacer demasiado caso de los comentarios.

—En su habitación —dijo el señor Pistas, asombrado—. Dile que se dé prisa. Nos vamos dentro de...

—¡Cinco minutos! —exclamó el abuelo desde la cocina.

Maxi subió los peldaños de dos en dos y fue directo al cuarto de su amiga.

—¡Ya estoy aquí! —Se detuvo en seco.

—¿De qué vas vestido?

Pepa lo miraba boquiabierta, como si fuera un extraterrestre que se hubiese plantado en su habitación.

—¡Me he arreglado para la ocasión! Estamos a punto de conocer a una de las actrices más famosas del planeta. No puedo presentarme vestido de cualquier manera. —Maxi no podía creer que su amiga le hiciera semejante pregunta—. ¡El año pasado Cristina Telón cruzó la alfombra roja para recoger el premio Rasco a la mejor actriz!

—¿Y las flores?

—Son para ella. —Maxi enrojeció y se las acercó—. Huelen fenomenal.

—¡Achís! Te... te... ¡achís! Creo que tengo alergia a... los girasoles. Va... ¡achís!... mos. —Pepa se dirigió hacia la puerta, pero Maxi la detuvo—. ¿Qué ocurre? ¡Achís!

—Tu nariz —dijo Maxi, y le indicó el espejo que tenía en la habitación para que se mirara—. Fíjate...

—¿Qué? ¡Achís! —La alergia de Pepa iba en aumento.

—Se hincha por momentos y está roja como un tomate.

La voz del abuelo los interrumpió:

—¡El taxi espera!

Pepa tomó su mochila y se apresuró a bajar con Maxi al recibidor.

—¡No puedes ir con esa nariz de payaso, Pepa! —advirtió el abuelo dirigiéndose hacia la puerta del brazo de la señora Cristin.

—¡Achís! ¡Es mi *natchís*!

Maxi la observó con aire lastimoso. ¡Menudo día para alergias!

La presencia en la ciudad de la famosa escritora no había pasado desapercibida para los medios de comunicación. Empezaba a llover de nuevo. Al otro lado de la verja los esperaba un taxi grande y unos cuantos fotógrafos que

inmortalizaron la aparición de Águeda Cristin acompañada de sus elegantes amigos. Fue en ese preciso instante cuando Pepa se dio cuenta de que era la única que no se había vestido para la ocasión.

—Te quedas aquí, Pulgas —dijo el señor Pistas al cerrar la puerta del vehículo.

En el interior del taxi que los llevaba al teatro, la madre de Pepa aprovechó la ocasión para charlar con la escritora.

—No sabía que mi padre y usted fueran tan amigos.

—¡Oh! Nos vemos de vez en cuando —explicó la señora Cristin sonriendo al abuelo—. Y cuando me dijo que en Basketville se representaba la obra *Fausto* y que además era la ciudad en la que vivían sus nietos, no dudé en invitarme. Supongo que no os importa, ¿verdad? Solamente serán un par de días... ¡Je, je, je!

—¡Por supuesto que no! —se apresuró a responder el señor Pistas con una sonrisa de oreja a oreja.

—De todas formas, habría estado bien que el abuelo nos hubiese advertido de que venía acompañado. —La madre de Pepa miró algo severa a su padre—. Habríamos podido preparar un poco las habitaciones de invitados... ¡Estaban patas arriba!

—Hemos llegado —los interrumpió el taxista.

El vehículo se había detenido frente al teatro. El edificio estaba iluminado. El estreno se anunciaba en grandes letras, junto a un cartel gigante con la foto de Cristina Telón.

En el instante en que descendieron del taxi, un hombre alto y delgado corrió a recibirlos.

—¡Querida señora Cristin! ¡Encantado de verla!

—¿Nos conocemos? —dijo la anciana, algo sorprendida.

—Soy Louis Ópera, gerente y director del teatro, para servirla. —Y le ofreció su brazo. Sin embargo, la señora Cristin se agarró del brazo del abuelo—. Si son tan amables, los acompañaré al camerino de nuestra estrella. Los está esperando.

Dicho esto, el señor Ópera encabezó la comitiva y los condujo a la zona de camerinos que quedaba en una especie de sótano. Por el pasillo se cruzaron con varios actores, que se daban los últimos retoques antes de la función. Cuando por fin llegaron, Louis Ópera les pidió que aguardaran un momento. Llamó a la puerta y desapareció tras ella.

En aquel momento, Pepa se dio cuenta de que Maxi empezaba a comportarse de una forma un tanto extraña: sacó un frasco de colonia y se lo echó en la cabeza.

Movió los labios como si recitara algo.

Se colocó bien la pajarita varias veces.

Y, finalmente, hizo algo absurdo… Comenzó a deshojar los girasoles.

—¡Qué nervios! —susurró con los dientes apretados.

—¡Adelante! —dijo el gerente asomando por la puerta del camerino.

El abuelo, la señora Cristin y el señor y la señora Pistas, acompañados de Bebito, fueron los primeros en entrar. Maxi, en cambio, permaneció inmóvil.

—¿Se puede saber qué te ocurre? —se interesó Pepa—. ¡Achís!

—Tengo... —murmuró Maxi— vergüenza.

Pepa empujó a su amigo hacia el interior. Las presentaciones ya habían comenzado...

—Y estos son Pepa y Maxi —concluyó la señora Cristin.

Maxi estaba impresionado ante la belleza de Cristina Telón. La actriz se acercó y le dio un beso en la mejilla que lo dejó sin aliento.

—¡Qué nariz tan graciosa y gordinflona se ha puesto esta niña! —La actriz sonrió.

Todos fijaron la vista en su nariz.

—¿Todavía no te la has quitado? —preguntó el abuelo.

—No creo que hoy sea un día para disfrazarse de payaso —advirtió la señora Cristin sorprendida.

Pepa se volvió enojada hacia Maxi. Estaba segura de que en cuanto se deshicieran de las flores su nariz volvería a tener su tamaño normal.

—¡Entrégale el ramo de una vez! —dijo impaciente señalando a la actriz.

Maxi obedeció y alargó el ramo de girasoles deshojados.

—¡Gracias! —dijo Cristina Telón—. Buscaré un jarrón...

El camerino de la actriz era grande, y las paredes, de piedra. En una de ellas vieron una especie de peldaños, como si fueran unas antiguas escaleras. Había ramos de flores por todas partes. En una mesa camilla había un plato grande con pedazos de queso y galletas saladas. Maxi temió que a Mouse le entrara hambre. Por suerte, dormía. Y cuando dormía, no olía nada.

—Seguro que tienes muchos admiradores, querida. —La señora Cristin sonrió señalando las flores.

Cristina Telón le dirigió una mirada triste y entonces rompió a llorar desconsolada.

Maxi sacó el pañuelo del bolsillo y se lo ofreció a Cristina.

—El caso es que, desde hace tiempo, cada día encuentro un ramo de flores acompañado de una dulce carta en mi camerino. Es de un admirador anónimo con gran talento para la escritura. Al principio recibir sus escritos y sus flores me hacía mucha ilusión y no perdía la esperanza de verlo aparecer algún día por la puerta de mi camerino para invitarme a tomar algo. Pero en vista de que pasa el tiempo y el admirador secreto continúa en el anonimato, he perdido la ilusión e intento olvidarlo.

—¡Achís! —Todos se volvieron hacia Pepa—. Perdón...

Sin decir nada más, Cristina Telón se sentó frente al espejo del tocador. Se secó las lágrimas, se sonó con el pañuelo de Maxi y, finalmente, se retocó el maquillaje. Louis Ópera susurró algo con tono amenazante hacia el espejo. Un detalle que no pasó desapercibido a los Buscapistas.

—¡Ese hombre tiene muy malas pulgas! —advirtió Maxi al oído de su amiga.

La señora Cristin propinó unos suaves golpecitos en la espalda de la actriz.

—Querida, será mejor que te dejemos sola. La función no tardará en empezar... ¡Necesitas relajarte un poco! —sugirió la anciana haciendo un gesto con la mano para que todos la siguieran.

Tras oír eso se despidieron y salieron del camerino. Pero cuando estaban fuera, escucharon de nuevo la voz de la actriz.

—¡Olvidas algo, niño de los girasoles! —Cristina Telón asomó por la puerta con el pañuelo completamente arrugado y empapado de lágrimas—: Gracias... Me ha sido de gran utilidad.

—Se lo puede quedar. —Maxi sonrió tímidamente y la siguió hacia el interior.

—No lo voy a necesitar —insistió la actriz, de nuevo frente al espejo. Luego esbozó una sonrisita y les hizo un gesto para que se acercaran—: Os contaré un secreto, pero no se lo digáis a nadie. ¡Tengo otro admirador! Y a este lo he conocido en persona no hace demasiado. ¡Me gusta muchísimo!

—Ah, ¿sí? —Maxi tragó saliva esperanzado. ¡A él lo acababa de conocer!

—Hace dos funciones mi compañero de reparto resbaló en el escenario y tuvieron que sustituirlo por otro actor, Raúl. —Cristina Telón suspiró y continuó—: ¡El nuevo es tan majo! ¡Me ha robado el corazón y ha conseguido que poco a poco olvide al anónimo de las flores!

En ese instante las luces de alrededor del espejo parpadearon y se oyó una especie de gruñido, algo semejante a un sonoro ¡grrunch! que los asustó enormemente.

Cristina Telón se volvió asustada hacia los niños. Pepa lanzó una mirada feroz a Maxi, siempre hambriento:

—¿Han sido tus tripas? ¡Achís!

Pero su amigo negó con la cabeza.

—Vais a pensar que no son más que tonterías —explicó la actriz—, pero en ocasiones tengo la sensación de que en este camerino hay un fantasma. ¡Y de vez en cuando se manifiesta...! Aunque hasta hoy jamás había gruñido. ¿Habéis oído hablar del fantasma del teatro?

Los Buscapistas asintieron asustados. Las luces dejaron de parpadear.

¿Por qué tenían la sensación de estar siendo observados?

Y en ese momento del otro lado del espejo se oyeron unas pisadas pesadas y, de nuevo, gruñidos.

La actriz permaneció inmóvil y pálida.

—¿Habéis oído lo mismo que yo?

—Sí... ¿El fan... fantasma? —dijeron Pepa y Maxi a la vez.

¡Grrunch!

—¡Bah! No haremos caso de habladurías sin sentido, ¿verdad? —dijo Cristina de repente en un intento de quitar hierro al asunto, y tomó una borla para empolvarse la nariz.

—¡Chicoooooooooos! —Del exterior del camerino les llegó un grito que los sobresaltó. A Cristina le saltó la borla de las manos.

Era el abuelo, que había regresado a buscarlos.

—Tenemos que irnos —dijo Pepa sin aliento—. Nos están esperando...

Los niños se apresuraron a salir de aquel camerino que, realmente, parecía la guarida del fantasma del teatro.

¡APAGÓN!

Louis Ópera acompañó a la familia Pistas hacia uno de los palcos del teatro. Había cuatro cómodas butacas aterciopeladas de color granate. El abuelo, la señora Cristin y los padres de Pepa tomaron asiento.

—¿Y nosotros? —preguntó Pepa—. ¿Dónde nos sentamos?

—Enseñadme las entradas —dijo el gerente con aire antipático.

—Las tiene el abuelo... —susurró Pepa—. ¡Achís!

El abuelo charlaba animadamente con la señora Cristin y no se dio cuenta de que Pepa reclamaba su atención hasta que Bebito se le acercó y tiró de su manga.

—¿Qué ocurre?

—Este señor quiere ver nuestras entradas... —advirtió Maxi.

—¡Ah, disculpe! —Rebuscó en el bolsillo interior de su esmoquin y entregó los tíquets al señor Ópera y un folleto con el plano del teatro a su nieta.

—Seguidme... —El señor Ópera se puso unas gafas de pasta diminutas y, tras observar las localidades, los condujo por el pasillo de palcos hacia las primeras filas del patio de butacas—. Son esas tres de ahí.

—Gracias, señor —dijo Maxi, y en ese instante los bigotes de Mouse, aún dormido, asomaron por el bolsillo superior de la chaqueta de pingüino.

—¿Qué es eso? —señaló el hombre.

—Mi... mi... —Maxi comenzó a cacarear sin saber qué responder.

—Es el peluche de mi hermano pequeño. —salió en su ayuda Pepa.

—¿Y por qué mueve los bigotes? —insistió el gerente con un tono de voz muy poco amigable.

—¡Porque va con pilas! —Maxi cubrió de nuevo el bolsillo con el pañuelo.

La respuesta pareció convencer al gerente, que dio media vuelta y recorrió el pasillo de butacas hasta desaparecer.

La platea estaba repleta de gente. Pepa levantó la vista y localizó el palco en el que es-

taban sus padres y el abuelo, que seguía conversando con la señora Cristin.

—Cuando empiece la obra, soltaré un rato a Mouse —explicó Maxi.

—Ni se te ocurra. ¡Achís!

—Necesita estirar las patas —continuó su amigo, y le alargó el pañuelo arrugado que Cristina Telón le había devuelto.

—Nos meterá en un lío de los suyos y... ¡Achís! —Pepa tomó el pañuelo, pero lo soltó al recordar que la actriz lo había usado para sonarse.

«Señoras y señores... —se oyó una voz en off—, la función empezará inmediatamente. Rogamos silencien o apaguen sus móviles. En estos momentos se cierran las puertas del teatro. Durante la obra no está permitido que nadie salga ni entre en la sala.»

—¡Achís! —Pepa intentó estornudar por última vez. Tenía que pensar una manera de contener los estornudos...

¿Cómo?

Ese era el problema.

—¡Ach...! —Se apretó la nariz con los dedos de una mano.

¡Funcionaba!

El teatro quedó en penumbra. Cuando se levantó el telón había una mesa, una silla y un baúl. Al poco, Cristina Telón hizo acto de presencia en el escenario disfrazada de sabio. El público permanecía expectante. Desde el exterior llegaba el ruido de los truenos, que hacían retumbar la sala. Cristina Telón comenzó a cantar acompañada de una suave música.

Maxi aprovechó para sacar a Mouse y dejarlo en el suelo.

—No te alejes demasiado... —susurró.

Mouse comenzó a esquivar los pies del público hasta llegar al pasillo central. Una vez

allí, correteó de un lado al otro hasta volver a las butacas de primera fila.

—Buen chico. —Maxi le acarició la cabeza—. Pasea un poco más, y volveré a guardarte en mi bolsillo.

Entonces el ratón se dirigió hacia el escenario y se detuvo en una especie de rendija para la ventilación. La olfateó unos minutos. Maxi lo observaba desde su butaca. Le hizo unos gestos para que regresara. Mientras, en el escenario aparecía un segundo actor. Era un joven apuesto que hizo enrojecer un poco a Cristina Telón.

—Ese debe de ser Raúl... —susurró Pepa sin perder detalle.

Pero Maxi estaba pendiente de Mouse. El ratón permanecía inmóvil sin saber qué hacer. Aquella rendija le llamaba enormemente la atención. ¡Por eso se coló por ella!

—¡Aaagh! —Maxi ahogó un grito y se agachó para deslizarse sobre la moqueta.

—¡Chisss! —Pepa se volvió hacia él—. ¿Se puede saber qué...?

Maxi no se detuvo a escucharla. Anduvo un buen trecho hasta alcanzar su objetivo: la rendija de ventilación por la que había desaparecido Mouse. Su amiga y Bebito fueron tras él.

—¡Te lo dije! Sabía que se escaparía —susurró Pepa—. ¡Eres un caso!

Los tres niños se acercaron a mirar entre la rendija. Todo estaba oscuro pero a lo lejos se oía...

¿Un gruñido? ¡Y acompañado de unos pasos!

Los Buscapistas se miraron el uno al otro. Les recordaba a... ¡el fantasma del teatro!

¡BRRROUMMMMM!

Un trueno retumbó, y la sala quedó completamente a oscuras. El público comenzó a murmurar. Inmediatamente una voz en off les dio instrucciones: «A causa de una avería eléctrica, creemos que causada por la tormenta, les rogamos que mantengan la calma y que los actores no se muevan del escenario...».

¡Aaaaaaaaayyy!

¡Era el grito de Cristina Telón!

Cuando volvió la luz, en el escenario no había nadie. Enseguida la voz en off habló de nuevo: «Rogamos a Cristina Telón y a Raúl que salgan de detrás de las bambalinas para reanudar la obra».

—¡Sáquenme de aquí! —se oyó decir a una voz apagada que pedía auxilio.

Los Buscapistas lo percibieron perfectamente porque se encontraban justo a los pies del escenario.

—¿Qué está ocurriendo? —Pepa asomó la cabeza.

Pero Maxi continuaba agachado señalando la rendija.

—¡Se ha colado por aquí! Estoy segurísimo...

—Quizá te has confundido y tu ratón saltó al escenario —advirtió Pepa.

—¡Quiero salir! Los espacios cerrados me dan miedo —continuó la voz.

Pepa agarró a Maxi del brazo y lo obligó a levantarse.

—Vayamos a echar un vistazo.

Los Buscapistas, seguidos de Bebito, subieron al escenario. Bebito tosió, «¡Cof! ¡Cof!»; el chupete salió disparado y golpeó el baúl.

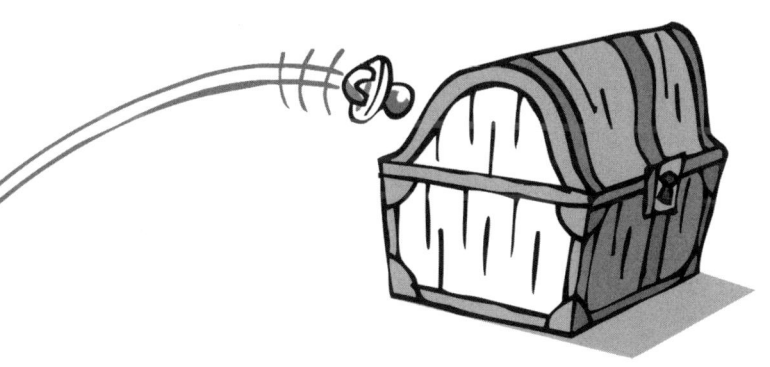

—¡Estoy dentro! ¡Ayuda!

Pepa se agachó para recoger el chupete. Estaba claro que había alguien en el baúl. Por suerte la llave estaba junto a él.

En ese instante entró en el escenario Louis Ópera muy sofocado.

—¿Qué ocurre? ¿Dónde están los actores?

—Hay alguien dentro... —indicó Pepa.

Al abrir apareció Raúl, el apuesto actor disfrazado de diablo.

—Una extraña sombra me ha encerrado durante el apagón —explicó, intentado tomar aliento—. ¿Dónde está Cristina?

El señor Ópera se encogió de hombros y movió la cabeza preocupado.

—Quizá haya ido a su camerino...

Luego se dirigió al público y anunció que se suspendía la función. Los asistentes abandonaron la sala entre murmullos y protestas.

—Id saliendo —dijo el señor Pistas a su esposa, al abuelo y a la señora Cristin—. Voy a buscar a los niños.

Pepa, Maxi y Bebito se perdieron entre la multitud.

CATACUMBAS SECRETAS

Los Buscapistas no tenían ni idea de por dónde empezar a buscar. Pero estaba claro que no abandonarían el teatro sin Mouse.

—¿Te das cuenta de que el teatro es enorme? ¡Mouse no saldrá de su escondite mientras haya tanta gente! —dijo Pepa.

—Pues habrá que rastrear por todos los rincones —respondió Maxi, decidido—. ¿Hacia dónde debe de llevar el hueco de la rendija?

Pepa se encogió de hombros y notó el peso de su mochila... ¡Entonces recordó algo!

—¡El plano del teatro que me ha dado el abuelo! Seguro que en él encontraremos alguna pista —exclamó Pepa.

Pepa, Maxi y Bebito observaron con atención el plano. Estaba todo perfectamente indicado: las salidas de emergencia, el anfiteatro, el patio de butacas, el escenario, los baños, los camerinos...

—Vayamos al camerino de Cristina Telón —propuso de repente Pepa—. Me fijé que tenía un plato con queso y galletas saladas. Ya sabemos que Mouse haría cualquier cosa por saciar su apetito. Quizá olfateó la comida des-

de la rendija de ventilación. Veo que los camerinos quedan justo debajo del escenario.

Así pues, se abrieron paso entre la gente que abandonaba el teatro y fueron en busca de las escaleras que llevaban a la planta inferior.

No había nadie.

El camerino de Cristina Telón quedaba al fondo de un largo pasillo.

—¡Quédate aquí! —dijeron a Bebito.

Pero, a pesar de todo, Bebito decidió ir tras ellos.

Los Buscapistas se detuvieron en seco y se miraron. Tenían que encontrar una excusa convincente para que no los siguiera.

—Quieres llegar a ser un detective como nosotros, ¿verdad? —Pepa se agachó para hablar con Bebito—. Pues empezarás montando guardia, ¿de acuerdo? Si se acerca alguien, nos avisas.

El niño asintió con el chupete en la boca. Miró a uno y otro lado, y se acurrucó en una esquina cercana a la puerta intentando mantener los ojos muy abiertos...

La puerta del camerino estaba entreabierta. Los Buscapistas pegaron sus orejas a la puerta, expectantes... Luego se asomaron al interior del camerino.

Estaba vacío, pero...

—¡Ha estado aquí! —exclamó Pepa.

Maxi dio un brinco sobresaltado y se escondió tras su amiga.

—¿Qui... qui... quién?

Pepa lo agarró del brazo con fuerza y lo arrastró hacia el interior.

—¡El queso y las galletas del plato están roídos! —exclamó Pepa. Eso significaba que Mouse había pasado por allí. Y no solo había pasado, ¡sino que seguía en el camerino!

Pero ¿dónde?

—¿Se puede saber dónde estás? —Maxi no lo veía por ninguna parte.

—Parece que el sonido viene de... —advirtió Pepa con los ojos muy abiertos.

—¡De detrás del espejo! —exclamaron.

Efectivamente, daba la impresión de que Mouse, por alguna razón, se había escondido detrás del espejo, que estaba torcido y descubría un trozo de pared agujereado.

Los Buscapistas levantaron el espejo. En ese instante se dieron cuenta de que el trozo de pared agujereado era, en realidad, un boquete enorme.

—¿Qué hace un agujero tras el tocador de Cristina Telón? —Pepa pensaba en voz alta.

—¿Te imaginas que es una entrada secreta? —Maxi sonrió.

—O la guarida del fantasma... —conjeturó Pepa.

A Maxi se le congeló la sonrisa.

—¡Iiic! —Mouse se les acercó desde el otro lado y asomó la cabeza.

—¿Cómo has llegado hasta aquí? —preguntó Pepa, ya que Maxi seguía sin reaccionar.

El ratón saltó al suelo y se dirigió a la pared de piedra en forma de escalones. ¡En lo alto estaba la rendija que quedaba debajo del escenario por la cual se había colado!

—¡Aaaaaaaaaaaahhh! —Se oyó un grito desgarrador. Y luego el eco del grito...

«A-a-a-a-a-ahhh. A-a-a-a-a-ahhh. A-a-a-a-a-ahhh.»

—¡Parece Cristina Telón! —Maxi reaccionó como por arte de magia.

Pepa pensó que su amigo se había enamorado...

—¡Vamos! ¡Tenemos que ayudarla! —dijo, nervioso.

Por primera vez en mucho tiempo, Maxi parecía olvidar que era algo miedica.

—¿Y si el fantasma está allí dentro? —advirtió Pepa.

Pero Maxi parecía no oír nada. Cogió a Mouse, lo ocultó en su bolsillo y se subió al tocador para desaparecer por el agujero que había detrás del espejo.

—Espera... Tengo una linterna en mi mochila. —Pepa se entretuvo rebuscando.

Segundos después gateaban por un pasillo oscuro al final del cual se oían voces.

—Casi seguro que es Cristina Telón —decía Maxi desplazándose sin aliento.

Al cabo de un rato las rodillas les empezaron a doler, y cuando estaban a punto de detenerse para descansar se dieron cuenta de que el túnel se ensanchaba y pudieron ponerse de pie.

—¿Quién habrá excavado esto? —susurró Pepa mirando a su alrededor.

Anduvieron varios pasos más hasta encontrar unas escaleras. Los murmullos eran cada vez más cercanos. Finalmente Maxi le propinó un codazo para que apagara la linterna.

—Fíjate... —susurró—. Allí hay luz.

Sin apenas hacer ruido se acercaron a lo que parecía una cámara. Las paredes estaban repletas de pinturas murales. Alguien había estado viviendo allí, porque había un escritorio, un pequeño portátil, un colchón en el suelo y restos de comida. Al fondo se abría otro pasadizo.

Los Buscapistas prosiguieron. Cada vez estaban más convencidos de que el grito que habían oído pertenecía a Cristina Telón.

—Quizá no sea una leyenda urbana —comenzó a decir Maxi.

—¿A qué te refieres?

—Al fantasma —contestó.

—No creo en fantasmas. —En un lugar como aquel, Pepa prefería creer que los fantasmas no existían, o de lo contrario...

—¿Estás temblando? —preguntó Maxi.

—Tengo frío —mintió Pepa.

Mouse saltó del bolsillo de Maxi y empezó a correr tan deprisa como sus patas le permitían, hasta perderse en la oscuridad.

—¿Otra vez? —exclamó Pepa.

—¡Corre! Ha encontrado algo.

Efectivamente...

¡Aaaaaahhhh!

Oyeron un grito ronco a unos metros de allí.

¡PATAPLAF!

El ruido de un saco al caer al suelo.

¡Aaaaayyy!

Otro grito, esa vez de mujer.

Cuando llegaron encontraron a Cristina Telón agachada junto a un hombre extraño y deforme que yacía en el suelo.

—¡Sois vosotros! —exclamó.

Maxi pensó que parecía contenta de verlos.

—¡Ayudadme, se ha desmayado al ver a esa rata! —Cristina Telón parecía histérica.

—Es un ratón... —matizó Maxi.

—Eso no importa ahora. —La actriz comenzó a sollozar—. Tenemos que salir de aquí. Estoy horrorizada. Este tipo ha hablado de una salida que se encuentra al final de esta galería. Supongo que es cierto, porque corre aire y me ha parecido oír el sonido de la tormenta.

—Pero ¿quién es...? —se interesó Pepa.

—¿E... es el fantasma? —Maxi empezó a temblar. Su valentía inicial acababa de desvanecerse.

—Os lo contaré por el camino... ¡Marchémonos antes de que despierte!

Maxi tomó a Mouse entre sus manos y corrió junto a Pepa y Cristina Telón tan rápido como sus piernas temblorosas le permitieron.

—Ese hombre es Eric Ópera, el admirador que me mandaba cartas anónimas y flores. —La actriz suspiró—. Según me ha explicado a regañadientes, es el hermano de Louis, el actual gerente y director. Hace unos años hubo un incendio y Eric desapareció entre las llamas. Eric quedó deformado por el fuego y se hizo pasar por muerto.

El único que sabía la verdad era Louis. Desde entonces, Eric ha vivido escondido y ha deambulado como un verdadero fantasma por estos subterráneos, escribiendo obras de teatro... ¡para que las interpretara yo!

La actriz se detuvo a tomar aire y prosiguió:

—Se enamoró de mí... y cuando veía que algún actor se me acercaba, provocaba pequeños accidentes. Louis tenía que sustituirlos... Así, una vez tras otra. Ya me extrañaba a mí... Utilizaba el espejo de mi tocador para espiarme. Hoy, desde detrás del espejo, ha oído que os decía que Raúl me había robado el corazón. Eso le ha molestado enormemente y ha decidido aprovechar la tormenta para provocar un apagón y secuestrarme...

PLAS PLAS PLAS

¡Grrrrrr!

¡Se oían pasos y un gruñido aterrador tras ellos!

—¡Aaaaaahhhhhh! —gritó la actriz—. ¡Rápido! ¡Allí está la salida!

—¡Chicos! ¿Estáis bien? —voceaba alguien delante de ellos.

Pepa y Maxi, seguidos de Cristina Telón, se apresuraron hacia la boca que conducía al exterior.

Fuera esperaba un inspector pasado por agua acompañado de sus dos agentes y de Louis Ópera.

—¡Volvemos a encontrarnos! —dijo el inspector a los Buscapistas.

El señor Pistas llegó acompañado de la señora Pistas, el abuelo y Águeda Cristin. El padre de Pepa iba cubierto con un paraguas y llevaba a Bebito en brazos.

—¡Estaba solo, cerca de los camerinos! —explicó—. Al no encontraros, me asusté...

Un sorprendido Eric salió al exterior y sobresaltó a todos los presentes. Su aspecto era lamentable. Los agentes se dirigieron hacia él.

—¿Qué hace aquí la policía? —Eric, terriblemente enojado, miraba a su hermano—. ¿Los has llamado tú? ¡Sin mis guiones el teatro será un fracaso!

—¡Esto tenía que ocurrir algún día! —se lamentó Louis Ópera—. ¡Has caído en tu propia trampa! ¡Si no te hubieses enamorado, no habrías cometido errores!

El inspector miró a los dos hermanos con el entrecejo fruncido e hizo un gesto a sus agentes para que los llevaran a comisaria. Allí aclararían todo el asunto. Luego se dirigió a los Buscapistas:

—¿Dejaréis de meteros en líos algún día?

—¡Creo que no! —Maxi sonrió y guiñó un ojo a Pepa—. ¡Somos detectives!

—¡Achís! —estornudó Pepa.

El comisario le alargó un pañuelo de papel.

—¡Quítate esa narizota de payaso! —dijo el comisario antes de volverse—. Además de desenmascarar al fantasma, también habéis hecho un gran descubrimiento. ¡Antes de lo que imagináis, tendréis a una docena de periodistas haciéndoos fotos!

Al día siguiente los periódicos de la ciudad de Basketville abrían con un mismo titular, junto a la foto de sus pequeños descubridores:

BasketvilleNews

Descubiertas unas importantes catacumbas debajo del teatro de Basketville

Maxi ha perdido sus 10 girasoles. ¡Ayúdale a recuperarlos antes de la función!

¡Rescate y huida!

¡BUSCA LA SALIDA!

Pepa, Maxi y Mouse deben rescatar a Cristina Telón y luego encontrar la salida correcta de las catacumbas. ¡Cuidado! ¡Las galerías y los pasadizos secretos están repletos de peligros!

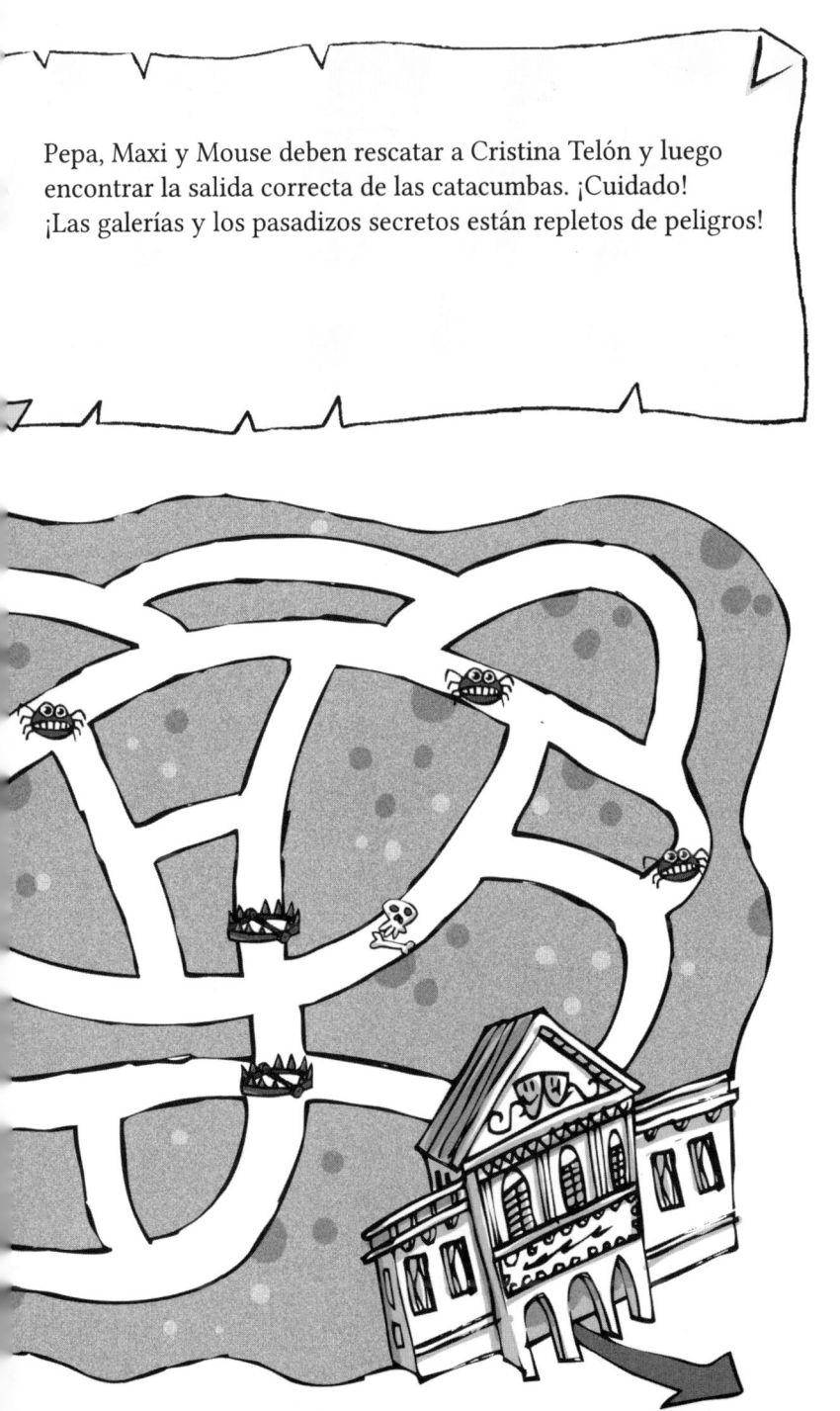

TODAS LAS
AVENTURAS DE
PEPA Y MAXI...

El caso del castillo encantado

El caso del librero misterioso

El caso del robo de la Mona Louisa

El caso del cementerio embrujado

El caso de la isla de los caimanes

El caso del monstruo de los cereales

El caso del manuscrito secreto

El caso del trofeo desaparecido

El caso del fantasma del teatro

El caso del tesoro olvidado

El caso de la cueva prohibida

El caso del Dragón Rojo

El caso del truco imposible

El caso de los ovnis misteriosos

Misterio en el templo de la calavera

Misterio en el barco pirata

Misterio en la mansión hechizada

Misterio en el parque de atracciones